ÉMILE WARMOËS

La Permission de Binjot

VAUDEVILLE EN UN ACTE

Représenté à la « COMÉDIE MONDAINE »

3 H. 2 F

Visa du 4 Février 1903.

PARIS

C. JOUBERT, Éditeur, 25, Rue d'Hauteville

Répertoire de la Société Lyrique.

Anciennes Maisons BRANDUS & JOUBERT réunies

G. JOUBERT, Successeur

ÉDITEUR DE MUSIQUE

PARIS. — 25, Rue d'Hauteville, 25. — PARIS

RÉPERTOIRE

DES OUVRAGES DE CONCERT EN UN ACTE

ABRÉVIATIONS : D. Veut dire du répertoire de la Société Dramatique, 8, rue Hippolyte Lebas. — Le surplus appartient au répertoire de la Société Lyrique, 10, rue Chaptal.

LOC. Veut dire : La musique n'est qu'en location et ne se vend pas.

Opérettes et Vaudevilles

AUTEURS	TITRES DES ŒUVRES	Hommes	Femmes	Prix nets
Marsan (de)	A bas les hommes	9 ou 6	9 ou 6	loc.
Saint-Maurice	Abricot (L') d	troupe	»	loc.
D... mpisiano	Absalon	2	1	6 »
Guillemaud	Adrien n'aime pas le Piano	3	1	loc.
Vallès-Garnier	Affaire Cœurdeveau (L')	5	1	loc.
St-Paul-G. Rose fils	Agence est-au-dessus (L')	3	4	loc.
F. Bernicat	Agence Rabourdin (L')	4	4	5 »
Moreau	Ah! c'te Veine d	7	7	loc.
L. Bouvet, F. Muffat	Ah! la chouett'revue	4	4	loc.
Japy	A huitaine	troupe	»	5 »
C. Roland	Aiguilleur (L') d	1	1	loc.
S.-Paul-Rose fils	Air de la mer (L')	4	1	loc.
Bessière	A la Caserne	6	2	loc.
Lebreton-Bouvet	A la légion étrangère d	troupe	»	loc.
Ch. Esquier	Allumeur (L') d	2	1	loc.
L. Franeu-G. Tarjs	Allumeuse (L')	2	2	loc.
L. Bouvet	Ami Chambardel (L')	3	1	loc.
C. Roland	Amie de pension (L')	1	3	loc.
Bessière-Raffler	Ami Vandière (L') d	7	6	loc.
Lebreton	Amour à coups de poings (L')	2	2	loc.
Lebreton-St-Paul	Amour en dentelles (L')	2	2	loc.
G. Street	Amour en ...vrée (L')	3	1	4 »
Desormes	Amour et l'appétit (L')	3	1	[illegible]
Vallès-Garnier	Amour et sauvetage	3	2	loc.
A. Petit	Amoureux d'Yvonne (Les) d	5	3	5 »
V. Roger	Amour Quinze Vingt (L')	3	1	[illegible]
...Boulay-Layrice	Amours d'un piston (Les)	3	2	loc.
M. Gribinski	Annonce (L')	3	3	loc.
Desormes	Antoine et Cléopâtre d	2	1	4 »
Bessier-Moreau	Aphrodites (Les) d	4	8	loc.
Dorfeuil-Moreau	Après la vie de Bohème d	troupe	»	loc.
L. Bouvet	A propos de bottes	2	»	loc.
J. Emmecé	A qui le gosse ?	troupe	»	loc.
Monnery-Marien	Argot tel qu'on le parle (L)	5	»	loc.
M. Chautagne	Arracheuse de dents (L')	2	1	4 »
Marc Sonal	Arrêts de rigueur	1	1	loc.
Bouvel, Bajdal, Benjamin	Artistes pour rire d	6	4	loc.
Géraldy	Ascension du Mont-Blanc (L')	1	1	4 »
L. Martin-Duhem	Auberge du Tambour battant (L')	[illegible]	[illegible]	loc.
Dudot-de Gorsse	Au Chat qui pelote d	troupe	»	loc.
Baden	Au Coq huppé	[illegible]	[illegible]	[illegible]
Urbi	Au soleil d'or d	[illegible]	[illegible]	[illegible]
Lebreton-Moreau	Au temps des cerises d	[illegible]	[illegible]	loc.
Guérineau	Auteur par amour	2	2	loc.
Lebreton-Moreau	Autour d'une guérite d	[illegible]	[illegible]	loc.
Henry Moreau	Avant le bal	[illegible]	[illegible]	[illegible]
L. Bivam et G. Dubreuil	Avarié du Mardi-Gras (L')	[illegible]	[illegible]	loc.
Colrat, Carolais, Lambert	Baba-Bouzouck d	[illegible]	[illegible]	[illegible]
Deransart	Baigneur et nageuse	[illegible]	3	[illegible]
Antigeon, Jantel-Bajdal	Baigneuses de Cocqueville (La)	[illegible]	[illegible]	loc.
Moreau	Balayeur de chez Maxim's (Le) d	[illegible]	[illegible]	loc.
Rose fils et Ryvez	Banquier malgré lui	[illegible]	5	loc.
Lecerre	Barbe-Bleue	[illegible]	[illegible]	loc.
L. Moche	Baronne	[illegible]	[illegible]	loc.
Raicté-Tranchant	Bataillon Desroches (Le) d	10	[illegible]	loc.
Antigeon-Desplan	Battage (Le) d	[illegible]	[illegible]	loc.
A. Moyne	Béguin (Le)	[illegible]	[illegible]	loc.
Mestre-Aubry	Belle-Dinde (La) d	[illegible]	[illegible]	loc.
De Maison	Belle-mère apprivoisée (La)	[illegible]	[illegible]	loc.
Lebreton-St-Paul	Belle-mère est sans pitié (La)	[illegible]	[illegible]	loc.
Wachs	Bibi ou l'Enfant de l'Amour	[illegible]	[illegible]	loc.
Bouvet-Muffat	Bigame de la Bastille (Le)	[illegible]	[illegible]	loc.
C. Roland	Binettes	[illegible]	[illegible]	loc.

AUTEURS	TITRES DES ŒUVRES	Hommes	Femmes	Prix nets
Lebreton, L. Bui...	Bon billet de logement (Le)	7	5	loc.
F. Bouvet-F. Muffat	Bonne nuit Tardiveau!	3 ou 2	2 ou 1	loc.
L. Bessière	Bonsoir! !	1	1	loc.
Sellier-Joullot	Boudoir discret	2	[illegible]	loc.
Moreau-Gramet	Bougnol et Bougnol	4	2	loc.
Villebichot	Boum! Servez chaud	3	2	4 »
Hulans	Brelan de bègues	2	1	5 »
F. Bernicat	Cadets de Gascogne (Les)	troupe	[illegible]	7 »
Fanés	Cadiguette (La)	1	1	5 »
Saint-Paul	Cage de l'Oncle Tom (La)	1	1	loc.
Lebreton	Caïn	2	2	loc.
Javelot	Calino amoureux	2	1	4 »
Martin et Gondani	Camelou (Les)	2	1	loc.
Chevalet-Audray	Canne d'un grand homme (La) d	4	2	loc.
Lebreton-Moreau	Ça porte bonheur	3	3	loc.
V. Harpin	Capricorne (Le)	troupe	[illegible]	loc.
F. Barbier	Carmagnole (La)	3	2	loc.
Lebreton-Moreau	Carnaval conjugal (Le) d	2	2	loc.
A. Berthon	Carnaval des 4 z'arts	4	4	loc.
Leyavasseur	Carte de visite (La)	3	1	loc.
Antigeon-Desplan	Cascadin et Cie	3	1	loc.
Léon Jancey	Cavalier Fourlot	2	1	loc.
Chabrol, Lebrège-Tranchant	Ce pauvre Bobinet	3	1	loc.
De Marsan	Ce Sacré Narcisse	2	1	loc.
E. Soudant	Cent canaill' et de couturières d	4	4	loc.
Alcuil-P. Raynaud	C'est la vie	3	1	loc.
Chela	Chambre à louer	4	1	4 »
Cuvillier	Chambre à part d	4	1	loc.
Henry Moreau	Chambre de bonne d	3	1	loc.
L. Bouvet	Chanson de Florentin (La)	3	2	loc.
V. Roger	Chanson des Ecus (La)	3	1	4 »
P. Henrion	Chanteuse par amour (La) d	3	1	3 »
G. André	Chaos (Le)	1	1	4 »
Moran-Bouchard	Chasse royale d	troupe	[illegible]	loc.
Lebreton-Moreau	Chasseurs Alpins (Les) d	6	2	loc.
Clémat	Chaste Suzanne (La) d	troupe	[illegible]	loc.
B. Gilbert	Chaste Suzanne	3	1	loc.
[illegible]	Chéri des Dames	4	1	loc.
Bouvel, Bajdal, S. Jean	Chevalier Tric-Trac (Le)	4	2	loc.
Bouvel-Bardel	Chez la Costumière d	troupe	[illegible]	loc.
Muffat	Chez le dentiste	3	1	3 »
Chuillier	Chez les Corniquet	3	1	4 »
C. Rosenquest	Chicard et Bébé	3	1	4 »
Bomier	Chien et Chaud	3	1	loc.
Boulay-Layrice	Choc en retour d	2	2	5 »
L. Bouvet	Cinq à sept de chez Pétrone (Les)	6	[illegible]	loc.
Moran-Bismel	Cinq contre un	[illegible]	5	loc.
Bouvet-F. Muffat	Cinq sous de Lavarenne (les) d	4	3	loc.
Brasseur-L.T.	Circulaire du Préfet (La)	6	2	loc.
Villebichot	Cirque Ponger's (Le)	troupe	3	4 »
F. Bouvet	Clémence d'Auguste (La)	2	1	4 »
Bessière	Clou (Le)	2	3	loc.
Collin	Coco Bel-Œil	3	1	loc.
A. Petit	Cocotte et chiffonnier	3	1	4 »
L. Bouvet	Codicille (Le)	4	[illegible]	loc.
Villemer-Delor...	Colosse de Rhodes (Le)	3	[illegible]	6 »
...Péricaud	Complice (Le)	3	2	loc.
A. Petit	Confections pour dames	3	4	5 »
Bouvet-Schmoll	Congrès des Cocottes (Le)	3	7	loc.
G. Torxé-H. Barbé	Conquêtes difficiles	3	1	loc.
Lebreton-Moreau	Conscrits bretons (Les) d	7	[illegible]	loc.
L. Collin	Conscrit tyrolien (Le)	4	1	3 »

ÉMILE WARMOËS

La Permission de Binjot

VAUDEVILLE EN UN ACTE

Représenté à la « COMÉDIE MONDAINE »

3 H. 2 F.

Visa du 4 Février 1903.

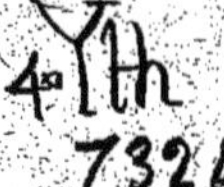

PARIS

C. JOUBERT, Éditeur, 25, Rue d'Hauteville

Répertoire de la Société Lyrique.

LA PERMISSION DE BINJOT

VAUDEVILLE EN UN ACTE

De M. Émile WARMOES

Représenté à la « COMÉDIE-MONDAINE »

PERSONNAGES

BINJOT, brigadier de dragons *(avec casque)*   MM. Charpentier.
ERNEST, amant de Rose   Dervaux.
BACASSEL, mari de Rose *(en habit noir)*   Marini.
ROSE, *(en toilette de soirée)*   Mes Bertha.
FRANÇOISE, bonne de Rose   Marsay.

La chambre de Madame Bacassel. Dans le pan coupé de gauche, une fenêtre. Dans le pan coupé de droite, une porte donnant sur l'antichambre. Au milieu, au fond un lit, une table de nuit près du lit. À l'avant plan, à gauche, une petite table. De-ci de-là chaises et fauteuil, à gauche un placard.

SCÈNE PREMIÈRE

Binjot (2,) Françoise (1.)

(Françoise passe la tête à la porte de droite, afin de s'assurer qu'il n'y a personne dans la pièce, puis, elle entre sur la pointe des pieds, une lampe à la main. Elle est suivie de Binjot qui entre lui aussi, avec les mêmes précautions, pour ne pas faire de bruit. Après avoir refermé la porte, et déposé sa lampe, Françoise, toujours sans rien dire, saute au cou de Binjot.)

Françoise.

Enfin seuls ! *(Ils s'enlacent)*

Binjot, *examinant la chambre avec ébahissement.*

Cré nom de nom, Françouaise, tu te loges bien. C'est-y ça ta nouvelle mansarrrrde ?

Françoise, *mettant un doigt sur la bouche.*

Chut, pas si haut.

Binjot

Pourquoi que tu fais chut, on ne peut donc pas parler chez toi ?

Françoise

Si, mais pas trop fort.

Binjot

Et pourquoi, Mademoiselle ?

Françoise

Si on nous entendait !

Binjot, *d'un air soupçonneux.*

Ah ! Françouaise, je crois que tu me fais cocu… *(Promenant ses yeux autour de la chambre)* Serais-tu par hasard, entretenue ?

Françoise, *riant aux éclats.*

Ha, ha, ha, ha.

Binjot, *froissé.*

Qu'est-ce que c'est, des moqueries ?.. *(Sentencieusement)* On ne rit pas avec un militaire.

Françoise, *s'esclaffant.*

Entretenue, ha, ha, ha, ha.

Binjot, *s'animant.*

En voilà assez, ou j'vous fous d'dans !.. Fixe !

Françoise, *tout à coup sérieuse et les mains immobiles contre le corps.*

Voilà, brigadier !

Binjot, *calme.*

C'est bien, rompez !

Françoise, *lui sautant au cou.*

Comme tu commandes... tu deviendras général.

Binjot, *baissant modestement les yeux.*

Oui, oui,.., je sais, j'ai de l'avenir *(En levant les yeux il apperçoit le lit luxueusement recouvert)* Françoise, pas de cachoteries, comment se fait-il, qu'il y a chez toi, tant de *lusque* ?

Françoise, *se reprenant à rire.*

Ha, ha, ha, ha...

Binjot

Encore ?... Ah, je t'en prie, ne te paies pas ma poire !

Françoise

Que tu es innocent... *(Mystérieusement)* Nous sommes dans la chambre de madame !

Binjot

La chambre de madame !

Françoise

Oui, mon trésor, et là *(Montrant le lit)* son dodo.

Binjot

Nom d'une gamelle. *(Il remonte tâter le lit.)* Si j'avais une pareille paillasse à la chambrée, c'est ça qui s'rait espatrouillant !

Françoise

Que dis-tu de la surprise que je t'ai ménagée ? Tu n'es pas fâché, mon chéri ?

Binjot

Non... Seulement... Je ne suis guère à mon aise, si elle nous tombait dessus.

Françoise

Qui ça ? Madame... Elle est à l'opéra.

Binjot

C'est y vrai que ce matin elle nous r'luquait derrière les persiennes, pendant que nous causions dans la cour ?

Françoise,

Un p'tit peu, mon chéri, même qu'elle t'a pris pour un pompier.

Binjot, *bondissant.*

Un pompier, moi Binjot, brigadier au quatorzième dragons !... Un pompier ! *(Parcourant la chambre en tous sens, passe, à gauche.)* Mille millions de trompettes ? Ousqu'elle est, la madame, ousqu'elle est, cette insulteuse de l'armée ? Ousqu'elle est, que je l'extermine... Un pompier ! *(Passe à droite.)*

Françoise

Oh là là, comme tu t'emballes ! Est-il possible de se mettre la tête en feu pour si peu !

Binjot

Pour si peu ! Un pompier, Françoise, un pompier ! Ah ! je lui apprendrai, moi, qu'un dragon n'est pas un pompier.

Françoise

Ton casque de cuivre l'aura induit en erreur.

Binjot

Mon casque ? Eh bien ! mon casque. *(Montrant les crins de son casque.)* Est-ce que le pompier porte une pareille crinière ?

Françoise

Je le lui ai fait remarquer.

Binjot

Parfait, et qu'est-ce qu'elle t'a répliqué ?

Françoise

Que ça lui importait peu.

Binjot

Hein ! Cette femelle te doit des excuses, sacré vingt noms, elle a insulté l'objet de tes amours !

Françoise

Des excuses, c'est impossible, mon petit chou rouge.

Binjot

Françouaise, vous n'êtes qu'une femmelette. Pourquoi c'est-y non possible ?

Françoise

Elle est d'une couche supérieure dans la société.

Binjot

Une couche ! Quelle couche ? C'est toi qui en as une couche !

Françoise

Elle n'est pas de notre classe, si tu préfères.

Binjot

S'il y a des pompiers dans sa classe, on lui fera voir que dans celle de 1902, il n'y en a pas. (*Passe 1.*)

Françoise, (2).

Tu ne me comprends pas mon trognon. On ne t'a donc jamais parlé de la lutte des classes ?

Binjot

Non, mais on en parlera, mademoiselle, on en parlera ! j'exige une réparation. (*Tout en parlant, Françoise a plié la couverture du lit et la dépose sur une chaise.*)

Françoise, le cajolant.

Gros fou, est-ce que le dommage n'est pas suffisamment réparé ? Nous lui empruntons sa chambre !

Binjot, tout à coup calmé.

T'as raison, ma petite dinde rose, t'as raison... Mais alors, nous sommes dans notre droit.

Françoise

Absolument.

Binjot, il s'assied à gauche.

Elle touche à mon uniforme de dragon, je touche à sa chambre et je me tortille dans son lit, nous sommes quittes !

Françoise

Pardonnons-lui ses offenses.

Binjot

Oui, montrons-nous généreux. (*Sentencieusement.*) Madame, je vous pardonne, remise est faite de votre peine. (*A Françoise*) Hein, que j'ai un bon caractère ?

Françoise

Tu as un cœur d'or.

Binjot

Ça, ce n'est pas vrai.

Françoise, elle va s'assoir près de lui.

Si, si tu as un petit cœur d'or.

Binjot

Si c'était vrai, ma payse, il y a déjà longtemps qu'il serait au Clou ! (*Il se lève et veut faire un pas.*) Aie !

Françoise

Quoi ?

Binjot

V'là que j'ai mal aux pattes !

Françoise

Tu as des pattes, toi ?

Binjot, inquiet.

Des pattes d'oie ? (*Il court se mirer devant une glace*). Est-ce que je parais si vieux ?

Françoise

Mais non, je te demandes si tu as des pattes ?

Binjot

Ah ! oui, à la caserne, on parle ainsi entre camarades : Les pattes, c'est les pieds (*Il fait encore un pas et crie.*) Aie ! C'est jamais ça mes bottes, on m'a changé mes bottes... aie... Crédié, je les reconnais, c'est les bottes à Beaupétard.

Françoise

Tire-les, mon chéri.

Binjot

Tu crois que c'est bien la peine ! ?

Françoise

Comment la peine ? Est-ce que tu ne m'as pas promis de passer toute la soirée auprès de moi ?

Binjot

Tu as raison, ma brebis sans tache, même que j'ai demandé pour ce soir, la permission de minuit !

Françoise

Eh bien alors... tire tes bottes, faut-il que je te donne un coup de main ?

Binjot

Tu serais bien gentille, mon lapin. (*Il s'assoit à droite.*)

Françoise

Tu vas voir ça. (*Elle lui tire une botte*) Une !

Binjot

Parfait... Oh oui, c'est les bottes à Beaupétard... tu ne connais pas Beaupétard ?

Françoise, pudiquement.

J'en ai jamais fréquenté qu'un homme au monde, et cet homme, c'est toi. (*Elle tire l'autre botte.*) Et deux !

Binjot

Et moi, je n'ai connu que deux femmes dans ma vie !

Françoise, *furieuse.*

Deux femmes ! que m'apprenez-vous là, Monsieur !

Binjot

Oui, deux femmes ! Et d'abord, j'suis pas un Mossieu, les mossieus c'est des pékins, et moi j'suis un militaire.

Françoise, *s'asseyant en pleurant dans un fauteuil à gauche.*

Ah que je suis malheureuse.

Binjot

Quoi ? v'là qu'tu ouvres tes réservoirs ?

Françoise, *pleurnichant.*

Vous m'avez trompé, Binjot.

Binjot

Moi Françouaise !.. Ah je te jure !

Françoise

Oh ne blasphémez pas.

Binjot

Foi de Binjot, je n'aime que toi, mon crottin parfumé. Ta divine personne m'est aussi sacrée qu'une pièce de quarante sous.

Françoise

Mensonge que tout cela, je ne suis pas votre premier amour.

Binjot, *s'approchant d'elle pour la consoler.*

Qui, qui t'a introduit cette idée-là dans la caboche ?

Françoise, *le repoussant.*

Deux femmes ! Vous me répugnez.

Binjot

Quoi que tu vois de répugnant là dedans, oui je ne connais que deux femmes ! Y a ma mère et y a toi.

Françoise

Ta mère... *(Courant l'embrasser)* Et moi qui te croyais infidèle.

Binjot

Ah ! Françoise, tu doutes de moi, c'est mal. Tiens tu me peines, les sanglots que j'étouffe me sèchent la gorge.

Françoise, *cajoleuse.*

Je ne le ferai plus.

Binjot

J'ai soif.

Françoise

Je pense qu'il y a là, une bouteille (*Elle prend une bouteille dans un placard à gauche*) Du porto !

Binjot

Du porto... Cristi, donne vite, que j'en absorbe une gorgée (*Il lui arrache la bouteille des mains, et boit au goulot.*)

Françoise

Assez, voyons, faut en laisser pour madame. (*Elle reprend la bouteille.*)

Binjot

C'est délicieux, suave... Ça vous ravigote. Ma belle, j'éprouve le besoin de t'embrasser.

Françoise, *tendant la joue.*

Tiens, mon beau militaire. (*Binjot l'embrasse.*)

Binjot

Ah ! sacré porto... Encore un.

Françoise, *tendant à nouveau la joue.*

Voilà.

Binjot

Encore... (*Il la dévore de baisers.*)

Françoise

Oh ! oh ! mon brigadier, vous êtes gourmand.

Binjot

Très bien, tu as une façon de m'appeler brigadier... tu ferais une excellente cantinière. Veux-tu, j'en toucherai un mot à mes supérieurs. (*Il va s'étendre sur le lit.*)

Françoise

Je ne demande pas mieux.

Binjot, *se redressant à moitié.*

Allons, bon, v'là qu'j'ai faim à présent.

Françoise

Tu as faim ?

Binjot

Oh ! une fringale extraordinaire.

Françoise

Que ne me le disais-tu plus tôt ? Tu n'as pas mangé à la caserne ?

Binjot

Ah ! pardon, même que j'ai boulotté toute la gamelle du baron des Trouplains, mon voisin de chambrée.

Françoise

Tu as bon appétit.

Binjot

Je ne me plains pas.

Françoise, *ouvrant l'armoire.*

Voyons, qu'est-ce que je pourrais t'offrir ?.. Aimes-tu le caviar ?

Binjot

Qu'est-ce que c'est que ça ?

Françoise

Le caviar de Russie.

Binjot, *riant.*

Ha, ha, ha, ha, je saisis, tu prononces mal : le kesar de Russie !

Françoise

Du tout, je dis bien, le caviar.

Binjot, *se levant.*

Tu voudrais enseigner l'ortographe au dragon Binjot ?.. Kesar. *(Epelant)* Un k puis un *sesse*, ks, ks, ks, ks, ks !

Françoise

Je t'assures que je dis bien.

Binjot, *se levant.*

Au fait, ça m'est équilatéral. C'que j'exige, c'est à boulotter, pas autre chose.

Françoise

Tu refuses tout ce que je t'offre.

Binjot

Ah ça ! tu perds la boussole ! Tu ne m'as rien présenté. Tu t'informes si j'aime le kesar de Russie.

Françoise

Le caviar. C'est des œufs de poissons.

Binjot

Ah bah ! Explique-toi, nom d'une pétrolette, explique-toi : des œufs de poisson c'est des œufs de poisson, que diable ! Eh bien ! fais m'en une omelette.

Françoise

Gros fou, on ne fait pas une omelette avec ça !

Binjot

Comment, on ne fait pas une omelette avec des œufs... mais tu ne sais donc rien ?

Françoise

Pas avec des œufs de poissons, te dis-je !.. Attends, je vais nous arranger une jolie petite table. *(Elle pose la table au milieu de la pièce et y met une nappe).*

Binjot, *se levant.*

D'abord l'apéritif. *(Il l'embrasse)* La.

Françoise

Encore une expression de régiment.

Binjot

Ah malheur ! tu ne sais pas ce que c'est qu'un apéritif ? Eh bien ma cocotte, un apéritif c'est comme qui dirait quelque chose de plus on prend et plus on a faim !

Françoise

Tiens, c'est drôle ça.

Binjot

Une purge par exemple.

Françoise

Ce qui fait que quand tu m'embrasses ça te fait l'effet d'une... Oh !

Binjot

Allons, voilà que tu te froisses. Il y a des apéritifs de toutes les sortes. *(Pendant qu'elle arrange les couverts sur la table il se remet sur le lit).* Oh là là ! qu'on est bien là dedans. Ma parole, c'est des plumes... Tiens, je me crois millionnaire.

Françoise

Si c'était vrai.

Binjot, *distraitement.*

Je ne serais pas ici.

Françoise

Hein !

Binjot, *embarrassé.*

Eh bien, oui... nous aurions notre maison à nous.

Françoise, *appuyant.*

A nous deux, toi avec moi, ainsi je le comprends.

Binjot

Indubitablement, c'est ce que j'ai voulu dire.

Françoise, *tendant l'oreille.*

Chut.

Binjot

Quoi encore ?

Françoise, *s'aprochant de la table.*

J'entends du bruit.

Binjot, *indifférent.*

C'est peut-être des rats.

Françoise

Une voiture... Ciel, c'est madame !

Binjot, *se redressant.*

Non ?

Françoise, *regardant par la fenêtre.*

Si, la voilà qu'elle descend... elle entre...

Binjot, *sautant en bas du lit.*

En selle, charge à volonté... (*Courant partout.*) Nom d'une güerite ! comment que je vas m'esquiver ?

Françoise, *très agitée.*

Sauve-toi, elle monte l'escalier. (*Elle remet à place la table.*)

Binjot

Mes bottes.. (*Il veut se chausser mais n'y parvient pas.*)

Françoise

Va-t'en.

Binjot

Sans mes bottes ?... Ah ! mon Dieu ! j'vais attraper une friction de poitrine. (*Il va pour sortir.*)

Françoise, *l'arrêtant à droite.*

Pas par là, malheureux ! tu tomberais sur elle.

Binjot, *courant vers la fenêtre*

Par la fenêtre ? Ah ! non, je tomberais s'ul pavé.

Françoise, (*2*), *agitée.*

Vite, vite. (*Elle a enlevé ce qui se trouvait sur la table.*)

Binjot

Avec plaisir, mais partout je tombe... (*Il tourne en tous sens et finalement veut se glisser sous le lit*) Ah ! j'ai trouvé... Sacrédié ! mon casque me gêne.

Françoise, *prenant le casque.*

Donne... (*Elle le met dans la table de nuit.*)

Binjot, *qui s'est glissé sous le lit.*

J'y suis.

Françoise

Ne bouge plus, tête à droite... Fixe.

Binjot

Ça y est.

SCÈNE II

Les Mêmes, Rose

Rose, (*2*), *entrant de droite.*

Françoise, que faites-vous dans ma chambre ?

Françoise, *1.*

Les poussières, madame.

Rose

Vous continuerez demain. Laissez-moi, j'ai la migraine.

Françoise

Madame se sera peut-être trop dépêchée. Madame veut-elle que je lui prépare de la tisane ?

Rose

Non, non, je désire qu'on me laisse tranquille, j'ai besoin de calme, de repos, rien de plus.

Françoise

Si madame y tient, je resterai près d'elle.

Rose

Non, vous dis-je, je ne veux personne auprès de moi. (*Françoise ne bouge pas*) Est-ce compris ?

Françoise

Bien, madame. (*Elle s'achemine lentement vers la porte puis s'arrêtant :*) Alors, madame ne va pas à l'opéra ?

Rose

Qu'est-ce que cela peut vous faire ?

Françoise

Oh ! rien, madame, rien. (*A part, en sortant*) Et Binjot, que va-t-il devenir ? (*Elle sort à droite.*)

SCÈNE III

Binjot, Rose, *puis* Ernest.

Rose

Et maintenant ne perdons pas de temps. (*Elle prend la lampe placée sur la table de nuit et s'approchant de la fenêtre, elle fait un signe comme pour appeler quelqu'un, puis revient remettre la lampe sur la table.*)

Binjot, *à part.*

Pourvu qu'elle ne reste pas trop longtemps !

Rose

Ce que je fais, n'est pas très bien, mais pou vais-je lui refuser cela ? Il se serait tué le malheureux. D'ailleurs, nul ne saura jamais qu'il est venu.

Ernest, *entrant à droite. 2.*

Rose ! Quel bonheur.

Rose, *1.*

Rentrez vite et ne parlez pas trop haut.

Ernest, *inquiet.*

Pourquoi ?

Rose

La bonne est ici.

Ernest, *effrayé.*

Où ça ?

Rose

Dans la cuisine.

Ernest *rassuré.*

Oh ! alors...

Rose

J'ai quitté l'opéra au premier acte prétextant une indisposition. Mon mari, lui, est resté il adore la musique.

Ernest

Le brave homme !

Binjot, *poussant la tête, à part.*

Tiens, c'est pas l' patron.

Ernest, *voulant saisir Rose qui recule.*

Oh ! Rose, que vous êtes bonne d'avoir accédé à mon désir.

Rose, *inquiète.*

La porte est-elle bien fermée ?

Ernest, *allant fermer la porte*

Je vais m'en assurer.

Binjot, *à part.*

Qu'est-ce qu'il va se passer, bon Dieu !

Ernest

Maintenant vous voilà tranquille. (*Il lui prend la main.*) Oh ! Rose, ma fraîche rose !

Rose

Asseyez-vous près de moi. (*Ils s'assoient sur un sopha, à droite.*) Qu'avez-vous à me dire ?

Binjot, *à part.*

Qu'est-ce que je vais donc voir ?

Ernest

Ce que j'ai à vous dire... (*S'enflammant.*) Oh ! Rose, ma fraîche Rose.

Rose

C'est tout ? Ce n'est que pour me dire ô Rose, ma fraîche Rose, que vous m'avez prié de vous recevoir dans ma chambre ?

Ernest

Oh ! non, c'est pour vous affirmer mon amour, pour vous presser contre mon cœur, pour humer votre troublant parfum... (*Il la serre dans ses bras.*) Laissez donc déborder l'amour dont mon cœur est rempli ! Je vous adore, je vous idolâtre, je vous aime au superlatif. Tous les jours je pense à vous.

Rose

Et moi aussi. Pendant mon sommeil, vous m'apparaissez en singe (*Se reprenant.*) en songe. Il me semble vous tenir dans mes bras, je vous embrasse, je vous dorlote...

Ernest

Vous êtes adorable

Rose

... Malheureusement, en me réveillant...

Ernest

Plus rien.

Rose

Si... mon mari.

Ernest, *froissé.*

Par exemple.

Rose

Vilain jaloux.

Ernest

Rose, fleur de printemps, la jalousie est le contrevent du cœur. Ah ! si vous saviez combien de flèches le petit Cupidon a déjà lancées dans le mien, en votre honneur... ô ma Rose, nous voilà unis pour la vie. (*Il la serre dans ses bras.*)

Binjot, *poussant la tête.*

Quand donc que je rentrerai à la caserne alors ?

Rose

Pardon, quand mon mari rentrera ! ?

Ernest

Evidemment, c'est une figure, une fleur de style qui donne à ma pensée de la grâce et de la noblesse. (*A part.*) Voir littérature française.

Rose

Quel langage fleuri.

Ernest

Dame, quand on s'adresse à une rose.

Rose

Flatteur.

Ernest, *s'enflammant.*

Nos deux cœurs, ma tendre Rose, sont reliés par un courant d'irrésistible sympathie, ils se communiquent leurs douces sensations quelles que soient les distances et les murailles qui les séparent.

Binjot, *à part.*

Ça doit être ça le télégraphe sans fil.

Ernest, *à Rose qui rêve en fermant les yeux.*

Vous ne dites rien.

Rose

Vos paroles m'enivrent.

Ernest

Si cette ivresse est douce, je vais parler encore.

Rose

Que vous êtes bon !

Ernest, *l'embrassant.*

Que vous êtes adorable.

(*Il la serre dans ses bras ; tout à coup Rose se met à pleurer.*)

Rose

Hi, hi, hi, ma mère !

Binjot, *à part.*

V'là qu'ils vont braire à c't'heure.

Ernest, *ahuri.*

Eh bien, qu'avez-vous ?.. votre mère est malade ? (*Elle fait un signe négatif*). Morte ? (*Autre signe négatif*)... Eh bien ?

Rose, *pleurnichant.*

Je ne l'ai jamais trompé.

Ernest

Vous ne trompez pas votre mère.

Rose

Mon mari.

Ernest

Encore.

Rose

C'est que j'ai toujours suivi le droit chemin...

Ernest, *qui est revenu près d'elle.*

Je n'en doute pas.

Rose

...Le chemin de la vertu,...

Ernest, *à part.*

Turlu tu tu.

Rose

...Chemin jonché d'épines...

Ernest

Et de ronces.

Rose, *qui n'a pas bien saisi.*

...Et de rosses.

Ernest, *la reprenant.*

De ronces.

Rose

Ah... Et tout à coup me voilà précipitée sur la pente, au bout de laquelle se trouve le gouffre !.. C'est affreux.

Ernest, *offusqué.*

Le gouffre, c'est moi, merci !.. Voulez-vous que je m'en aille ?

Rose

Oh ! non, restez.

Ernest

Il n'est donc pas si terrible, le gouffre.

Rose

Excusez-moi, mon ami, c'est qu'il est dur pour une honnête femme de trébucher.

Ernest

Bah ! il n'y a que le premier faux pas qui coûte.

Rose, *se levant.*

J'étouffe, oserais-je vous prier de me dégrafer un peu ?

Ernest, *allant auprès d'elle et la dégrafant.*

Comment donc, ouvrir la cassette de vos trésors. (*A part*) Enlever l'enveloppe de ses pneumatiques. (*Haut*) C'est l'idéal.

Binjot, *à part.*

Est-ce qu'ils ne vont pas bientôt s'en aller, je commence à en avoir assez. (*On frappe à la porte de droite. Ernest et Rose écoutent sans bouger.*)

Rose

On a frappé... (*On refrappe*) Ciel ! C'est lui.

Ernest

Lui ! Quelle douche !

Rose, *courant à moitié dégrafée.*

Eteignez la lumière et cachez-vous.

Ernest

Et vous ?

Rose, *en tous ses états.*

Moi ?.. Je vais me glisser sous les draps. (*Elle enlève son corsage.*)

Ernest

Oh ! que je voudrais vous suivre.

Rose

Pas de phrases, ce n'est pas le moment.

Bacassel, *dans la coulisse.*

Allons, c'est moi.

Rose, *à Ernest.*

Eteignez la lumière, vous dis-je.

Ernest, *éteignant.*

Et puis ?

Rose, *grimpant sur le lit.*

Et puis rampez sous le lit, il n'y a pas d'autre cachette... Dépêchez-vous.

Ernest, *la regardant s'étendre.*

Vous au-dessus et moi en-dessous, ô cruelle ironie !

Rose

Silence, vous allez me perdre. (*On frappe à coups redoublés.*) Cachez-vous sous le lit et ne bougez plus.

Ernest, *se baisse pour ramper sous le lit.*

Ah ! mon Dieu ! au secours, au voleur, à l'assassin !

Rose, *se dressant sur le lit.*

Qu'est-ce qu'il y a ?

Ernest

Un homme !

Rose

Un homme sous mon lit ! Que vais-je devenir ? grand Dieu !

Bacassel, *dans la coulisse.*

Va-t-on ouvrir à la fin, oui ou non ?

Rose

De grâce ! taisez-vous tous !! tant que vous êtes !

Ernest

Quelle affaire. (*A Binjot, sous le lit.*) Monsieur le cambrioleur, ne me faites pas de mal.

Binjot, *sous le lit.*

Quand vous aurez fini de m'insulter, hein ? Je ne suis pas un cambrioleur, j'suis brigadier, sacré vingt noms d'une bourrique, brigadier au quatorzième dragon.

Ernest, *sous le lit.*

Je vous demande pardon... Enchanté de faire votre connaissance.

Binjot

Tout le plaisir est pour moi...

Bacassel

Ah ! cette fois, j'enfonce la porte ! (*Il entre et Rose reste immobile sous les draps.*)

Rose

Silence... quelle nuit ! quelle nuit !

SCÈNE IV

Les Mêmes, Bacassel.

Bacassel, *d'une voix menaçante.*

Madame, il y a un homme ici ! (*L'obscurité apaise subitement sa colère.*) Tiens, pas de lumière !.. Me serais-je trompé ? Dirigeons-nous vers le lit. (*Il tâtonne.*) Elle est là ! Seule, c'est étrange ! (*Il trébuche contre les bottes de Binjot.*) Qu'est-ce que c'est que ça ? (*Il se baisse pour regarder.*) En tous les cas ça ne sent pas bon... Voyons des allumettes. (*Il se fouille.*) Voilà. *Il allume la lampe, puis aperçoit les bottes.*) Hein ! (*Il soulève les bottes.*) Ça n'appartient pourtant pas à ma femme ! (*Menaçant.*) Il y a un homme ici !.. Où est-il, ce misérable que je l'aplatisse ! (*Il va fouiller dans les placards et regarde sous les meubles*).

Ernest, *à part.*

Je tremble.

Binjot, *à part.*

Il va me fricasser !

Ernest

Comment allons-nous sortir d'ici !

Binjot, *à part.*

J' sais bien comment je vais sortir, mais je ne sais pas comment je vais rentrer à la caserne avant minuit !

Bacassel, *après avoir cherché.*

C'est curieux, je ne vois rien nulle part... Et sous le lit ? (*Il se baisse et voit les deux hommes.*) Hein ! Deux hommes ! (*Tous les trois sont à genoux, Ernest et Binjot ont la tête qui dépasse de dessous le lit. Tous trois se regardent un instant ahuris puis ils avancent à genoux vers le devant de la scène.*)

Rose, *à part, se redressant sur le lit.*

Il va les tuer !

Bacassel

Que faisiez-vous à deux sous le lit de Rose ?

Binjot, *se levant.*

Vous appelez ça un lit de roses ? Vous n'êtes pas difficile.

Ernest, *se frottant les mains et se levant.*

C'est joliment dur !

Bacassel, *pris de peur, à part.*

Ah ! mon Dieu, si c'était des cambrioleurs ? (*Haut*) N'essayez pas de me toucher, car je suis armé jusqu'aux dents !

Binjot, *tremblant comme une feuille.*

Il va me fusiller.

Ernest, *à part et tremblant.*

Je ne suis pas poltron, mais je tremble tout de même.

Bacassel, *s'emparant d'un revolver qu'il avait dans sa poche.*

J'attends vos explications.

Rose, *même jeu que plus haut.*

Je suis perdue.

Binjot

Eh bien ! voilà... J'étais ici pour Françoise.

Ernest, *embarrassé.*

Et... moi aussi.

Binjot, *à Ernest.*

Comment ! vous aussi... mais alors... je suis cocu, moi ! Ah ! misérable, filez de mes yeux...

Ernest, *voulant se sauver.*

Avec plaisir.

Bacassel, *le retenant.*

Restez, tout cela n'est pas clair... Voyons, y en a-t-il un de vous qui s'avoue l'amant de ma femme ?

Binjot

Pas moi !

Ernest

Pas moi non plus !

Bacassel

Très bien, alors vous êtes des voleurs... et je vais vous faire arrêter.

Binjot

Ah ! mais non... je vous dis que je suis ici pour Françoise...

Ernest

Et moi aussi !

Bacassel

Ah çà ! voyons ? A qui sont ces bottes ?

Binjot

A Beaupétard !

Bacassel

Où est-il, Beaupétard ?

Binjot

A la caserne !

Bacassel

Est-ce que vous fichez de moi ! Qui a amené ici ces bateaux à vapeur ?

Binjot

C'est moi !

Bacassel

Alors c'est vous le coupable... vous avez enlevé vos escarpins pour ne pas faire de bruit et trifouiller tout à votre aise dans l'appartement... eh bien ! à nous deux ! (*A Ernest*) Vous le complice, restez ici !

Ernest

Merci, je préfère m'en aller. (*Il sort à droite en courant.*)

Binjot, *voulant le suivre.*

Et moi aussi !

Bacassel, *le rattrapant.*

Ah ! non, vous, je vous tiens.

Rose, *même jeu que précédemment.*

Il s'est enfui !... Je respire.

Binjot, *à Bacassel.*

Je vous jure sur la tête de mon capitaine, que je suis innocent comme un petit agneau.

Bacassel, *le menaçant de son revolver.*

Silence, ou je tire !

Binjot

Ah ! Monsieur, pitié pour un malheureux dragon qui doit rentrer à la caserne avant minuit !

Bacassel, *appelant sa femme.*

Rose... (*Elle feint de dormir*). Rose !...

Rose, *se frottant les yeux.*

Ah ! c'est toi, mon ami ?

Bacassel, *désignant Binjot.*

Voilà ce que j'ai trouvé sous ton lit !

Rose, *poussant un cri.*

Ah !.. Un assassin !

Binjot

Je proteste...

Bacassel, *à Binjot.*

Taisez-vous... (*A sa femme, qui fait semblant d'avoir peur*) Ne crains rien, je le tiens... Et c'est pas tout, il avait un complice !

Rose

Un complice... Oh ! les criminels !

Binjot

Un criminel, moi... Ah ! mon Dieu ! mon Dieu ! si ma mère savait ça !

Bacassel, *allant à la porte à droite et appelant.*

Françoise !

Binjot, *à part.*

Il appelle Françoise ! La malheureuse, il va la tuer aussi !

Rose *à Bacassel.*

Que fais-tu, mon ami ?

Bacassel

Je vais dire à la bonne qu'elle aille chercher la police !

Binjot

Mais, Monsieur...

Bacassel

Taisez-vous. (*Il brandit toujours son arme sur Binjot.*)

SCÈNE V

Les Mêmes, Françoise.

Françoise, entrant de droite sans voir Binjot.

Monsieur m'a demandé ? (*Elle aperçoit Binjot.*)
Binjot! Ah! de grâce! ne tirez pas, c'est mon amant!
(*Se jetant dans les bras de Binjot.*) Mon chéri !

Binjot

Ah ! Françoise ! Tu me sauves la vie ?

Bacassel, *à Rose.*

Mais alors le complice, c'est son amant aussi !

Rose

C'est ignoble.

Bacassel

Deux amants, ma bonne a deux amants !...
(*A Binjot et Françoise qui sont restés enlacés.*)
Sortez, je vous chasse tous les deux !

Françoise, *à Binjot*

Viens, mon chéri !

Binjot, *revenant sur ses pas.*

Et mon casque ?

Bacassel

Vous n'êtes pas encore partis ?

Binjot

Voilà, voilà... (*Dans sa précipitation, il prend
dans la table de nuit le pot de chambre et se le
met sur la tête.*)

Françoise, *déjà à la porte.*

Viens-tu ?

Binjot

Me voici... Chouette, je serai rentré à la caserne
avant minuit !
(*Bacassel ôte son paletot et commence à se
déshabiller.*)

RIDEAU

AUTEURS	TITRES DES ŒUVRES	Hommes	Femmes	Prix nets
J. Collier et Z. Juillet	Couverture (La)	4	3	1 oo
F. Bouveret	Créanciers du coffre-fort (Les)	5	3	1 oo
Marsan (de)	Crépuscule des vieux (Le)	3	2	1 oo
Mire et Saintis	Crocodile des scrupules (Le) d	3	5	1 oo
Guillemaud-de Marsan	Culotte à l'envers (La) d	15	10	1 oo
De Roze et d'Arsay	Culotte du marié (scène) (La)		1	1
H. Duharnois	Cure Merveilleuse (La)	3	1	1 oo
Saint-Paul	Dame aux bluets (La)	2	2	1 oo
Lebreton-Moreau	Dans cent ans d	troupe		1 oo
Pierre Achard	Dans l'Escalier	2		1 oo
Sourilas	Dégraissée d	3		
Mestre-Aubry	Demoiselle des Martigues (La) d	3	10	1 oo
Cellier-Gramat	Demoiselles Plumemboy (Les)	3	4	1 oo
Marc Sonal-Pierre Laurey	Départ du régiment (Le) d		10	1 oo
Saint-Paul	Déraillement (Le)	3	2	1 oo
St-Paul-G. Rose fils	Dernière carotte (La)	3	1	1 oo
L. Lefèvre	Dernier verre (Le)	2		
F. Barbier	Deux amours de chandelier	1	1	
E. Mats	Deux avares (Les)			
Ch. Hubans	Deux coqs vivaient en paix	2		
E. Gracia	Deux estafiers (Les)			
Vallès-Garnier	Deux femmes de M. Crochon (Les)	3		1 oo
A. Condamin	Deux heures de retard	2	2	1 oo
M. Chautagne	Deux muses (Les)	2		
F. Barbier	Deux parfaits notaires (Les)	2		
Hervé-Lecocq	Deux portières pour un cordon d	3		
Gribinski	Déveine (La)			1 oo
Moreau-Boucheron	Diable au Moulin (La)	2	3	1 oo
St-Paul-G. Rose fils	Divorcerons-nous	5	2	1 oo
Gramet-Talber	Doigt coupé (Le)	troupe		1 oo
Léon Laroche	Domestique pour rire (Un)			
G. Rose fils	Don Juan de Montmartre	3		1 oo
Saint-Maurice	Doubles Vierges (Les) d	troupe		1 oo
L. Bouvet-Lebreton	Drapeau du Régiment (Le)	5		1 oo
Sourilas	Drapeau jaune (Le) d	4	2	1 oo
F. Mullat-L. Bouvet	Dudule	3		1 oo
Bouvet-Serry	Dupont et Dupont			1 oo
St-Paul et Rose fils	Durandard est un bon garçon	3		1 oo
Bellin, Boulay Laprou	Durandard		2	1 oo
L. Bouvet-Schmoll	Échange de bals		5	1 oo
De Lannoy et Lions	Écharpe (L')	4		1 oo
J. Doméro	École buissonnière (L')	4	3	
Boulay-Layrice	École des Cocus (L')	4	3	1 oo
Yver-Septmons	Eh! Ohé! Ladrupette! d	2		1 oo
Trebla-Croisier	Elle! d	4	1	1 oo
Ed. Lhuillier	Elle débute ce soir	1		
Delaruelle	El senor Piffardino	1	1	
M. de Marsan	Empire du milieu (L')	9	2	1 oo
Marsay	En colonne d	troupe		1 oo
Donnays et Morels	Encore un déraillement	9		1 oo
Saint-Paul	Encore une revue	4		1 oo
Lebreton-Moreau	Enfant des halles (L') d	3		1 oo
Jallais-Hubans	Enlèvement des Sabines (L')	troupe		1 oo
Guillemaud-de Marsan	Enfants d'Édouard (Les) d	2		1 oo
Lebreton-Duroc	Enragés d	4		1 oo
Gribinski	En répétition	4	3	
Villebichot	Entre deux jardins	1	1	
Lebreton-Duroc	Entresol d'Eugène (L') d	4	6	1 oo
Garnier-Vallès	Erreur de Bridouille (L')	5	2	1 oo
Banès	Escargot (L')	2		6
A. Pajol	Esprits d'Argenteuil (Les)	5		1 oo
P. Pottier R. Dubreuil	Estime du Concierge (L')	2	1	1 oo
D. Dihau	Éternel roman (L')	1		
Désiré-Reydel-Traisal	Étrennes utiles	3	2	
Garnier-Vallès	Exploits de Malichard (Les)	6	4	1 oo
L. Bouvet-Ch. Darantière	Extras de Balochard (Les) d	4		1 oo
St-Paul-G. Rose fils	Fais ça pour moi	3	2	1 oo
F. Beauvallet	Faites le jeu, Messieurs d	3		1 oo
Moreau-Gramet	Famille Nitouche (La)	3		1 oo
L. Bouvet, J. Berry-Roche	Family-Plage	8	4	1 oo
Lebreton-Moreau	Farces du Printemps (Les) d	8		1 oo
St-Agnan Choler	Faut du prestige (vaud.) d	3		1 oo
Lebreton-Duroc	Faut que j'casse la g. à Baptiste d	5	3	1 oo
G. Rose père	Faux cols d'Oscar (Les)	1		1 oo
De Lannoy-Lions	Félicité	3	2	1 oo
Flers	Femina d	troupe		1 oo
Ch. Gabet	Femme de Valentino (La) d	2	2	1 oo
Moreau	Femmes qui fument (Les) d	7	8	1 oo
F. Chaudoir	Fête à Claudine (La)	4	4	1 oo
E. Duhem	Fête à M. le Maire (La)	5	1	1 oo
Guillemand	Feuille à l'envers (La) d	4	3	1 oo
G. Fortin-A. Doyen	Fiançailles de Toinette (Les) d	1	5	1 oo
Dorfeuil-Bouvet	Fiancé des Nourrices (Le) d	3	5	1 oo
Jayeot	Fiancés berrichons (Les)	1	1	
Soulié	Fiancés du bonnet de coton (Les)	1	1	
L. Vasseur	Fichue idée d	2		
Briglians, Albar	Fichue situation d	4	2	1 oo
Liouville	Fièvre phylloxérique (La)	3		1 oo
Bertrié	Fille du charpentier (La)	3	1	5
Lebreton-Moreau	Fille du marin (La) d	8	7	1 oo
Sonal, Reydel, E. Hervé	Filles de Corneville (Les)	4	7	1 oo
Lebreton-Soudant	Filles de la Cantinière (Les) d	7	4	1 oo
Lebreton	Filles du Charcutier (Les)	3	3	1 oo
Lebreton-Moreau	Fils à Papa (Le) d	4	7	1 oo
Lebreton-Moreau	Fils de Gouape	4	4	1 oo
Chanlieu et Bataille	Fils de M. Alphonse (Le) (vaud.) d	5	2	1 oo
Duroc-Mailfait	Five O'Clock de la Baronne	7	2	1 oo
Villebichot	Fleuriste et typographe	1	1	5
Lebreton-Talber	Foire aux nichons (La) d	7	7	1 oo
Pradels-Quinel	Fosse aux ours (La)	4	4	1 oo
Lemonnier	Françoise les bas bleus d	troupe		1 oo
Moreau-Soudant	Francs-tireurs de la mort (Les)	troupe		1 oo
Lebreton-Bessier	Frangine (La) d	7	6	1 oo
Lévy-Merset	Fantrognon d	8	11	1 oo
Lebreton-Moreau	Frère de lait (Le)	1	2	4
Carin-Tomy	Friper's and Co d	5	9	1 oo
Lebreton-Moreau	Friquet d	9	7	1 oo
Cleutat	Furet (Le)	2	3	4
Moreau-Toussé	Gai gai mariez-vous!	4	3	1 oo
Moreau-Darsay	Gaîtés du bastion (Les)	5	3	1 oo
Marsèle (L.)	Galant Douanier	3	1	1 oo
L. Bouvel et Ambal	Garçonnière de Dutocard (La)	3	3	1 oo
Seraine	Garde champêtre de Corneville (Le)	4	1	1 oo
L. Doftin	Gendre de M. Duplantoir (Le)	3	2	1 oo
Lebreton-St-Paul	Gontran se marie	3	3	1 oo
B. Lebreton-Soudant	Gosse (La)	3	2	1 oo
Froyez-Colias	Grand Duc Moleskine (Le) d	6	5	1 oo
Lefort	Grand papa de la chanson (Le) d	1	1	2
Rose fils et Ryvex	Greffeur (Le)	4	3	1 oo
Lebreton-Blairat	Grenouille (La) d	4		1 oo
Hervo-Marki	Grève des Boulangers (La)			1 oo
Moreau-Marcus	Grève des facteurs (La)			1 oo
M. Brisac	Guerre aux hommes (La) d			1 oo
Lebreton-Nicolaie	Gueule d'Or d			1 oo
L. Bouvet F. Mullat	L'Héritage de Malassis			1 oo
Lebreton-Moreau	Héritière des Carapattas (L') d			1 oo
De Marsan	Heureux gagnant			1 oo
C. Roland-A. de Lorde	Hermance a de la vertu, 2 actes d			1 oo
Villebichot	Hirondelles de la rue (Les)			1 oo
L. Bouvet et A. Arribat	Homme du Parc Monceau (L')			1 oo
Rose fils	Homme explosible (L')			1 oo
Lebreton-Blairat	Homme pâle (L') d			1 oo
Lebreton-Duroc	Hôtel d'Artistes d	troupe		1 oo
Lebreton-Duroc	Hôtel de Noblepanne d			1 oo
St-Paul-Rose fils	Hôtel des Fantômes (L')			1 oo
Jarantière et Bouvet	Hôtel du lac bleu (L') d			1 oo
Beyral-Reydel-Joal	Hôtel modèle			1 oo
J. Barbe-de Véragossa	Huissier des bons jours (L')			1 oo
Aubgeon-Dourel	Hypnotiseur malgré lui (L') d			1 oo
Mire-Bernède	Idées de M. Coton (Les) d			1 oo
G. Roland	Il était une fois d			1 oo
Bessière-De Noter	Île de Nénuphar (L')			1 oo
Briollet et Tinan	Île Jaune (L')			1 oo
De Lannoy et Lions	Indispensable (L')			1 oo
Briollet et Arnould	Invalide à la tête de bois (L')			1 oo
B. Lebreton et Blairat	Invalides du Mariage (Les) d			1 oo
Moniot	Jacotte			1 oo
Liger-Anbrau	J'ai perdu Virginie			1 oo
Nargeot	Jeanne, Jeannette et Jeanneton d			1 oo
Michiels	Jefque et Trinne			1 oo
St-Paul	J'en ai plein le dos			1 oo
Lebreton-Soudant	J'éponge ma bonne d			1 oo
A. Perronnet	Je reviens de Compiègne			1 oo
Yvel	Jeune homme du tunnel (Le) d			1 oo
Bernicat	Jeunesse de Béranger (La)			1 oo
B. Lebreton	Jeunesse de Hoche (La)			1 oo
Lebreton-Moreau	Jocrisses du mariage (Les) d	troupe		1 oo
B. Lebreton	Joies du divorce (Les) d	troupe		1 oo
Marsan (de)	Jour de gloire est arrivé (L')			1 oo
L. Collin	Journée aux gouffres (La)			1 oo
J. Féral	J'teux de sorts (Le)			1 oo
François-Deryx	Juiles d			1 oo
Herpin	Ki-Ki-Ri-Ki d	troupe		1 oo
Paul Avril	Labistrouille			1 oo
Soudan	Lâchée			1 oo
De Marsan	Labille est de logement d			1 oo
Desormes	Leçon de musique (La)			1 oo
J. Clérice	Léda d	troupe		1 oo
St-Paul	Leroy s'amuse			1 oo
A. de Lorde	Lettre (La) d			1 oo
Cazeneuve	Loi du pal (La) d	troupe		1 oo
Darcy (M.)	Loterie (La)			1 oo
Barbé	Loup et l'Agneau (Le) d			1 oo
Verneuil	Loupiot (L')			1 oo
Dourel (L.), Serval (M.)	Lucien est maboule!			1 oo
Herpin	Lune de Miel (La) d	troupe		1 oo

AUTEURS	TITRES DES ŒUVRES			Prix mens.	AUTEURS	TITRES DES ŒUVRES			Prix

www.ingramcontent.com/pod-product-compliance
Ingram Content Group UK Ltd.
Pitfield, Milton Keynes, MK11 3LW, UK
UKHW020119100726
13658UKWH00005B/2266